Nota para los padres y encargados:

Los libros de *Read-it! Readers* son para niños que se inician en el maravilloso camino de la lectura. Estos hermosos libros fomentan la adquisición de destrezas de lectura y el amor a los libros.

 El NIVEL MORADO presenta temas y objetos básicos con palabras de alta frecuencia y patrones de lenguaje sencillos.

 El NIVEL ROJO presenta temas conocidos con palabras comunes y oraciones de patrones repetitivos.

 El NIVEL AZUL presenta nuevas ideas con un vocabulario más amplio y una estructura gramatical más variada.

 El NIVEL AMARILLO presenta ideas más elevadas, un vocabulario extenso y una amplia variedad en la estructura de las oraciones.

 El NIVEL VERDE presenta ideas más complejas, un vocabulario más variado y estructuras del lenguaje más extensas.

 El NIVEL ANARANJADO presenta una amplia de ideas y conceptos con vocabulario más elevado y estructuras gramaticales complejas.

Al leerle un libro a su pequeño, hágalo con calma y pause a menudo para hablar acerca de las ilustraciones. Pídale que pase las páginas y que señale los dibujos y las palabras conocidas. No olvide volverle a leer los cuentos o las partes de los cuentos que más le gusten.

No hay una forma correcta o incorrecta de compartir un libro con los niños. Saque el tiempo para leer con su niña o niño y transmítale así el legado de la lectura.

Adria F. Klein, Ph.D.
Profesora emérita, California State University
San Bernardino, California

Managing Editor: Bob Temple
Creative Director: Terri Foley
Editor: Peggy Henrikson
Editorial Adviser: Andrea Cascardi
Copy Editor: Laurie Kahn
Designer: Nathan Gassman
Page production: Picture Window Books
The illustrations in this book were created with watercolor.
Translation and page production: Spanish Educational Publishing, Ltd.
Spanish project management: Jennifer Gillis/Haw River Editorial

Picture Window Books
5115 Excelsior Boulevard
Suite 232
Minneapolis, MN 55416
1-877-845-8392
www.picturewindowbooks.com

Printed in the United States of America.

Library of Congress Cataloging-in-Publication Data
Blackaby, Susan.
[Steadfast tin soldier. Spanish]
El soldadito de plomo : versión del cuento de Hans Christian Andersen /
por Susan Blackaby ; ilustrado por Charlene DeLage ; traducción,
Patricia Abello.
p. cm. — (Read-it! readers)
Summary: The perilous adventure of a toy soldier who loves a paper
dancing girl culminates in tragedy for both of them.
ISBN 1-4048-1641-0 (hard cover)
[1. Fairy tales. 2. Toys—Fiction. 3. Spanish language materials.
I. DeLage, Charlene, 1944-, ill. II. Abello, Patricia. III. Andersen,
H. C. (Hans Christian), 1805-1875. Standhaftige tinsoldat. Spanish.
IV. Title. V. Series.

PZ74.B42545 2006
[E]—dc22   2005023797

El soldadito de plomo

Versión del cuento de Hans Christian Andersen

por Susan Blackaby
ilustrado por Charlene DeLage
Traducción: Patricia Abello

Con agradecimientos especiales a nuestras asesoras:

Adria F. Klein, Ph.D.
Profesora emérita, California State University
San Bernardino, California

Kathy Baxter, M.A.
Ex Coordinadora de Servicios Infantiles
Anoka County (Minnesota) Library

Susan Kesselring, M.A.
Alfabetizadora
Rosemount-Apple Valley-Eagan (Minnesota) School District

PiCTURE WiNDOW BOOKS
Minneapolis, Minnesota

Érase una vez un niño que tenía un juego de soldados de plomo. Los veinticinco soldaditos eran hermanos. Todos salieron de la misma cuchara de plomo.

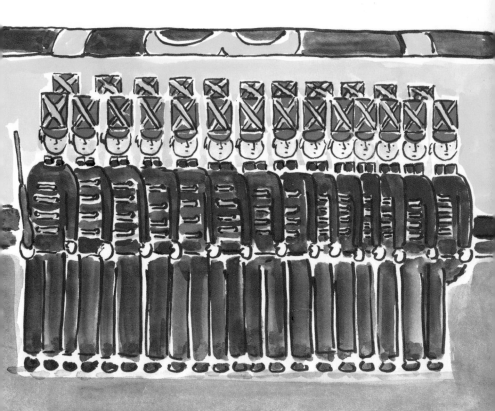

Los soldaditos eran idénticos, menos el último. Éste sólo tenía una pierna. Pero se paraba tan bien como sus hermanos.

6

Los soldaditos estaban en una mesa
llena de juguetes. El más lindo era un
castillo de papel. Tenía un estanque
de vidrio con cisnes de cera.

En la puerta del castillo, había una pequeña bailarina de papel. Vestía como una princesa. Tenía una cinta azul con una rosa de gasa.

La bailarina tenía una pierna
extendida hacia atrás. El soldadito
de plomo no se la podía ver y creía
que sólo tenía una pierna, como él.

"Es la esposa ideal para mí —pensó el soldadito—. ¡Pero vive en un castillo elegante! Mis hermanos y yo vivimos como sardinas en lata".

Sin embargo, el soldadito de plomo quería conocer a la bailarina. Se asomó por detrás de una caja para verla bien.

Esa noche, los juguetes se divirtieron.

La tiza garabateó en el pizarrón.

Los cascanueces se persiguieron.

Los soldaditos sacudieron su caja.

El ruido despertó al canario.
¡Tuit! ¡Tuit!, cantó. El soldadito
seguía escondido. Observaba
a la bailarina que danzaba
en la punta de un pie.

13

¡Bong! ¡Bong!, repicó el reloj.
A la medianoche en punto,
se abrió la caja. De ella saltó
el muñeco de resorte.

—¡No sueñes con un imposible,
soldado! —gritó el muñeco.
El soldadito de plomo lo ignoró.
—¡Ya verás! —exclamó el muñeco.

En la mañana, el niño puso al
soldadito junto a la ventana. De
repente, ¡se cayó! ¿Lo empujo el
viento o fue el muñeco de resorte?

El niño buscó al soldadito por varias horas. No se dio cuenta de que estaba entre dos piedras. Comenzó a llover y el niño entró a la casa.

Después de la tormenta, dos niños
vieron la pierna del soldadito.

—¡Mira lo que encontré! —dijo uno.

—Hay que ponerlo en un barquito
—dijo el otro.

Los niños echaron al soldadito de plomo por la alcantarilla en un barquito de papel. El barco giró y giró, y entró a un túnel negro.

19

—¿Dónde estoy ahora? —preguntó el soldadito—. Debe ser una broma del muñeco de resorte. ¡Ojalá la bailarina estuviera conmigo!

En ese instante, apareció una enorme
rata. —¡Alto y paga el peaje! —dijo.
El soldadito de plomo siguió
navegando veloz.

El soldadito de plomo siguió firme. No se estremeció cuando el agua lo salpicó.

El barquito se llenó de agua. Con tristeza, el soldadito pensó en la bailarina. "Adiós, valiente soldado —se dijo a sí mismo—. Ya no tienes salvación".

El barquito de papel se desbarató.
La cabeza del soldadito se hundió
en el agua. Entonces llegó un pez
grande y se lo tragó. *¡Gulp!*

El pez siguió nadando. Luego se
quedó quieto por un largo rato.
"¿Y ahora qué?", se preguntó el
soldadito. En ésas, vio una luz.

—¡Miren! —dijo la cocinera—.
¡El pescado tiene un soldadito
de plomo en la panza!

Llevó el soldadito al
comedor para que
todos lo
vieran.

26

El soldadito estaba feliz. ¡Regresó a casa! Allí estaban sus hermanos. Allí estaba su amada bailarina, ¡en un solo pie, como siempre!

Entonces, sin motivo, el niño agarró
al soldadito y lo lanzó al fuego.
¡Seguro que el muñeco de resorte
lo obligó!

Las llamas eran tan ardientes como el amor que sentía el corazón del soldadito de plomo. Comenzó a derretirse. Pero siguió firme, sin dejar de mirar a la bailarina.

Entonces, una racha de viento hizo caer la bailarina al fuego. Se quemó y desapareció. El soldadito quedó convertido en un trozo de plomo.

Al día siguiente, la cocinera limpió la chimenea. Entre las cenizas, encontró un pequeño corazón de plomo y una rosa de gasa convertida en carbón.

Más *Read-it! Readers*

Con ilustraciones vívidas y cuentos divertidos da gusto practicar la lectura. Busca más libros a tu nivel.

CUENTOS DE HADAS Y FÁBULAS

La bella durmiente	1-4048-1639-9
La Bella y la Bestia	1-4048-1626-7
Blanca Nieves	1-4048-1640-2
El cascabel del gato	1-4048-1615-1
Los duendes zapateros	1-4048-1638-0
El flautista de Hamelín	1-4048-1651-8
El gato con botas	1-4048-1635-6
Hansel y Gretel	1-4048-1632-1
El léon y el ratón	1-4048-1623-2
El lobo y los siete cabritos	1-4048-1645-3
Los músicos de Bremen	1-4048-1628-3
El patito feo	1-4048-1644-5
El pescador y su mujer	1-4048-1630-5
La princesa del guisante	1-4048-1634-8
El príncipe encantado	1-4048-1631-3
Pulgarcita	1-4048-1642-9
Pulgarcito	1-4048-1643-7
Rapunzel	1-4048-1636-4
Rumpelstiltskin	1-4048-1637-2
La sirenita	1-4048-1633-X
El traje nuevo del emperador	1-4048-1629-1

¿Buscas un título o un nivel específico? La lista completa de *Read-it! Readers* está en nuestro Web site: *www.picturewindowbooks.com*